AF602747

19 FEVR. 1883

Vente des Lundi 19 et Mardi 20 Février 1883,
HOTEL DROUOT, SALLE N° 5.

BELLE COLLECTION

OBJETS D'ART

ET

DE CURIOSITÉ

ÉMAUX DE LIMOGES
SCULPTURES — ARMES — BRONZES
MATIÈRES PRÉCIEUSES
GRÈS
PORCELAINES ET TERRES DE MUNICH

EXPOSITION PUBLIQUE
LE DIMANCHE 18 FÉVRIER 1883
DE 1 HEURE A 5 HEURES.

COMMISSAIRE-PRISEUR
Me PAUL CHEVALLIER, Succr de Me CH. PILLET
10, rue de la Grange-Batelière ;
M. CH. MANNHEIM, Expert, 7, rue St-Georges.

IMPRIMERIE PILLET ET DUMOULIN
Rue des Grands-Augustins, 5, à Paris.

6 — Grande plaque carrée peinte en émaux de couleurs et représentant le sujet de la Manne tombant du ciel. Travail moderne.

7 — Plaque ovale peinte en émaux de couleurs sur fond bleu : Portrait de souverain. Travail moderne.

SCULPTURES

8 — Ivoire. — Sculpture en haut relief de forme rectangulaire représentant Suzanne surprise au bain par les vieillards. XVIIe siècle. Dans un cadre à moulures et à pilastres en bois.

9 — Ivoire. — Bas-relief sans fond. La Vierge assise tenant l'enfant Jésus de son bras droit. Le petit saint Jean, placé à gauche, lui offre un fruit. Cadre en velours grenat.

10 — Ivoire. — Vase à panse droite sur piédouche bas et à couvercle surmonté d'un triton monté sur un cheval marin. Cette pièce est couverte dans toutes ses parties de bas-reliefs représentant des scènes de naïades et de tritons.

11 — Ivoire. — Coffret oblong entièrement composé

de bas-reliefs en ivoire représentant des scènes diverses au pourtour et des jeux d'enfants sur le couvercle avec encadrements composés de rinceaux et d'ornements variés.

12 — Ivoire. — Petite statuette d'enfant guerrier ayant un lion à ses pieds. Les bras manquent. Socle en argent doré.

13 — Ivoire. — Petit groupe de deux enfants nus et combattant. Sur socle en bois noir.

14 — Ivoire. — Deux figurines d'enfants, l'un d'eux jouant avec un serpent. Socles en bois noir.

15 — Ivoire. — Deux autres figurines d'enfants représentant l'une l'Automne et l'autre l'Hiver. Socles en bois noir.

16 — Ivoire. — Figurine d'enfant debout tenant une palette.

17 — Ivoire. — Statuette de Vierge debout rehaussée de dorure. Travail espagnol du XVIIe siècle. Socle en bois noir.

18 — Ivoire. — L'Enfant Jésus couché dans un berceau en argent.

19 — Ivoire. — Petit coffret oblong couvert de fines

sculptures dans le goût de la Renaissance à rinceaux et mascarons. Il est garni en argent.

20 — Ivoire. — Cippe sculpté en bas-relief et représentant des jeux d'enfants.

21 — Ivoire. — Drageoir ovale dont le dessus sculpté en bas-relief représente une scène de bacchanale.

22 — Ivoire. — Amorçoir ou flacon sculpté en bas-relief représentant au pourtour une scène de bacchanale d'enfants.

23 — Ivoire. — Couteau et fourchette à manches formés chacun de deux figures de saints personnages. Dans un étui en maroquin doré au fer.

24 — Ivoire. — Olifant décoré de sculptures barbares à sa partie supérieure.

25 — Ivoire. — Bas-relief sans fond dans le goût de François Flamand. Deux enfants jouant avec une chèvre.

26 — Ivoire. — Petit bas-relief rectangulaire représentant une bacchanale d'enfants.

27 — Ivoire. — Bas-relief représentant le Triomphe de Neptune.

28 — Ivoire. — Deux petits volets de triptyque représentant les quatre Évangélistes.

29 — Ivoire. — Petit bas-relief ovale représentant un sujet de bataille. Cadre en bois noir et cuivre.

30 — Ivoire. — Bas-relief rectangulaire représentant un satyre endormi surpris par une nymphe.

31 — Buis. — Deux figurines d'enfants debout : Petit garçon casqué battant du tambour, et petite fille tenant une corbeille de petits chiens. XVIIe siècle.

32 — Terre cuite. — Madone debout couronnée et portant l'enfant Jésus. XVIe siècle.

33 — Cire peinte. — Buste de jeune femme vêtue d'une tunique dorée. Travail italien. Cadre en bois noir.

34 — Ivoire et bois. — Groupe satyrique composé d'un personnage assis dans un char traîné par deux porcs ; sur l'un d'eux est assis un singe. Sa base en bois noir forme encrier. Travail attribué à Dinglinger de Dresde.

35 — Marbre blanc. — Buste de femme grandeur demi-nature. Personnage de la cour de Napoléon Ier.

36 — Marbre blanc. — Autre buste de femme de la même époque.

37 — Bois. — Petit triptyque en bois sculpté, représentant diverses scènes tirées de la vie du Christ ainsi que le Christ en croix entre saint Jean et Madeleine. Il est monté en argent doré ciselé à figures et ornements. XVIe siècle.

38 — Bois. — Porteur de hotte debout, garni en argent gravé et doré en partie. XVIe siècle.

39 — Bois. — Bas-relief représentant la Chute des Titans.

40 — Bois. — Gaine couverte de petits bas-reliefs, représentant diverses scènes tirées de l'histoire de l'Enfant prodigue. Daté de 1595.

41 — Bois. — Flacon ou amorçoir piriforme aplati décoré de bustes d'animaux et de rinceaux en relief. Époque Louis XIII.

42 — Bois. — Petit groupe : La Vierge debout portant l'Enfant Jésus. Ce groupe est enrichi de roses et d'un petit camée tête d'enfant. XVIe siècle.

43 — Bois. — Huit petites bustes appliqués sur fond de bois uni.

44 — Bois. — Deux autres médaillons ronds, offrant chacun un buste d'homme en bas-relief. Travail moderne dans le goût du XVIe siècle.

45 — Bois. — Buste de jeune fille sculpté en bas-relief, le cou et la coiffure ornés de demi-perles.

46 — Bois. — Deux pièces de travail gréco-russe. Médaillon rond et étoile à double face, représentant des sujets religieux repercés à jour.

47 — Deux pièces : médaillon rond représentant un buste d'homme sculpté sur pierre lithographique, et médaille en terre cuite.

48 — Bois. — Deux bas-reliefs rectangulaires représentant l'un la Chute des Titans, l'autre un Triomphe romain.

49 — Bois. — Deux médaillons ronds sculptés en bas-relief : buste de Maximilien I, empereur d'Allemagne, et buste de femme de profil à gauche.

50 — Bois. — Deux médaillons ronds de même travail : buste de Ferdinand Ier, roi de Hongrie, et buste de femme.

51 — Bois. — Deux autres médaillons : bustes de femmes.

52 — Ivoire. — Encrier et poudrier de forme cylindrique et à compartiments, décorés au pourtour de figures en bas-relief. Travail moderne.

53 — Bois. — Lot de trente-deux jetons frappés pour jeux de dames ou de tric-trac.

54 — Marbre tendre. — Tête de Christ du xve siècle.

ARMES ET DIVERS

55 — Beau bouclier en fer repoussé et damasquiné d'or représentant un combat de cavaliers et de guerriers. Au premier plan la Conversion de Saint Paul. Au pourtour du sujet cartouche découpé, couvert de rinceaux et de feuillages d'or. xvie siècle.

56 — Garde d'épée en cuivre ciselé à trophées d'armes et argenté. Époque Louis XV.

57 — Pistolet garni en cuivre et en argent ciselé. xviiie siècle.

58 — Beau kriss malais à lame incrustée d'or et poignée formée d'une idole en or incrustée de rubis.

59 — Beau yatagan avec fourreau en argent et poignée en morse également montée en argent. La lame est très richement damasquinée en or.

60 — Petite espingole turque avec canon damasquiné

d'argent et montée en argent ciselé et repercé à jour.

61 — Trousse composée de trois couteaux, dont les manches ainsi que le fourreau sont en filigrane d'argent. Travail oriental.

62 — Couteau à manche damasquiné d'or et fourreau garni en argent.

63 — Poignard persan à lame courbe et manche en damas.

64 — Couteau de chasse à manche laqué et burgauté.

65 — Épée à poignée en fonte représentant des travaux d'Hercule. Style du XVIe siècle.

66 — Plat en étain de F. Briot, à figures allégoriques, cartouches, grotesques et ornements.

67 — Bassin rond en cuivre repoussé, représentant la grappe miraculeuse. XVIe siècle.

68 — Bassin rond en cuivre repoussé du XVIe siècle, représentant Adam et Ève.

69 — Coupe persane en cuivre gravé et étamé.

70 — Pommeau d'épée décoré d'un sujet de chasse.

71 — Plateau rond en fer repoussé et damasquiné représentant le Triomphe de Diane.

72 — Boîte ovale en bronze du Tonkin avec parties gravées.

73 — Deux quadriptyques gréco-russes, dont un émaillé.

74 — Deux pièces : Poignée de glaive antique en bronze vert et briquet en fer découpé.

75 — Cuillère Renaissance en cuivre argenté avec manche à cariatide ciselée.

76 — Entrée de serrure en fer à consoles et mascaron ciselé en relief. XVIIe siècle.

77 — Aquamanile en forme de cerf debout, en cuivre jaune.

78 — Autre aquamanile formée d'un lion debout et formant fontaine.

79 — Aquamanile formée d'un cheval debout avec poignée formée d'un lézard. Cette pièce forme également fontaine.

80-81 — Deux dalmatiques, l'une en soie blanche brochée d'or, l'autre en soie ponceau et applications de riches broderies d'argent. XVIe siècle.

82 — Jeu composé de cinquante-deux cartes portant des armoiries en couleurs et or. XVIIIe siècle.

83 — Deux pièces : monture de coupe en cuivre argenté ornée d'un lion debout, supportant une petite coupe en verre, et petit verre à pied gravé, monté sur filigrane d'argent.

84 — Reproduction des quatorze plus importants diamants connus.

85 — Vase double formé de deux flacons à panse ovoïde, dont un avec col, reliés entre eux par un bandeau simulant une écharpe en émail de la Chine à ornements et arabesques sur fond jaune et vert avec garniture en cuivre doré.

86 — Plat rond en émail de la Chine décoré au centre d'un dragon impérial dans les flammes ; bordure d'ornements et de fleurs en couleur sur fond jaune.

87 — Théière carrée en émail de la Chine décorée en couleurs à vase de fleurs.

88 — Petit sucrier à couvercle en émail de Saxe, fond gros bleu à médaillons de fleurs et rehauts d'or.

89 — Plateau rond en écaille laquée du Japon et deux coupes rondes en écaille noire.

90 — Petit coffret en écaille blonde garni d'écoinçons et d'une poignée en vermeil découpé et gravé.

91 — Quatre coupes ovoïdes en émail à médaillons de figurines d'enfants avec piédouche et garniture intérieure en vermeil.

92 — Livre de prières allemand imprimé à Vienne en 1787. Reliure plaquée d'écaille incrustée d'argent.

93 — Deux petits cadres italiens en bois sculpté et doré.

94 — Petit autel, en forme d'édicule, en bois d'ébène, orné de plaques en bronze ciselé et doré représentant le portement de croix, la mise au tombeau et des têtes de chérubins. Époque Louis XIII.

95 — Coffret à couvercle en toit émaillé surmonté d'un agneau couché et d'écoinçons en bronze doré.

96 — Manuscrit grand in-4 sur vélin, contenant divers diplômes espagnols des premières années du XVIIe siècle et enrichi de grandes miniatures à pleines pages, de lettres et d'encadrements ornés et d'un portrait buste de jeune homme. Reliure en peau dorée au fer avec sceau en plomb aux armes d'Espagne.

97 — Coffre Louis XIII, de forme rectangulaire, en

cuir gravé garni de ferrures et de poignées en fer forgé.

98 — Coffre en maroquin rouge, doré au fer, du temps de Louis XVI.

99 — Coffre rectangulaire à couvercle légèrement bombé, intérieurement plaqué d'écaille rouge avec filets de cuivre.

100 — Deux coffrets en cuir doré au fer, l'un est clouté de cuivre.

101 — Étui à flacons du temps de Louis XIII en cuir rouge clouté de cuivre avec poignées en bronze.

102 — Étui à couteaux en cuir gaufré et une gaine octogone en cuir rouge.

103 — Boîte à jeu avec damier en marbres divers.

104 — Feuille de cuir de Cordoue à fleurs et ornements.

105 — Cartel porte-montre en bois sculpté et doré à ornements rocaille et fleurs. Cette pièce peut être transformée en console de suspension.

MATIÈRES PRÉCIEUSES

106 — Cristal de roche. — Grande coupe de forme oblongue, à contours et à deux anses, couverte de coquilles et d'ornements gravés en relief.

107 — Cristal de roche. — Grande coupe ovale et à lobes gravée à palmettes en creux, garnie de deux anses feuillagées et montée sur un pied à balustre à pans reposant sur une base ovale. Elle est garnie à sa base d'une monture en argent émaillé. La coupe date de la fin du XVIe siècle, la monture est moderne.

108 — Cristal de roche. — Deux burettes à couvercles garnies de montures à anse en argent doré et émaillé et enrichies de pierreries. Dans une boîte couverte en maroquin doré au fer.

109 — Cristal de roche. — Bénitier formé d'une coquille et d'une plaque forme cœur surmontée d'une couronne et entourée d'ornements découpés à jour. La partie centrale de la plaque gravée en creux représente le sujet de l'Annonciation..

110 — Cristal de roche. — Boule unie pour lustre. Elle est accompagnée d'un pied en cristal de roche et cuivre doré.

111 — Cristal de roche. — Flacon* formé d'un aigle debout à tête mobile.

112 — Cristal de roche. — Flacon formé d'un hibou debout à tête mobile.

113 — Cristal de roche. — Coupe oblongue à bords renversés vers l'intérieur.

114 — Cristal de roche. — Petit plateau rectangulaire à feuillages gravés en relief au bord.

115 — Cristal de roche. — Très petite coupe ovale sur pied à balustre.

116 — Cristal de roche. — Tête d'aigle en ronde bosse.

117 — Cristal de roche. — Cachet en forme de vase taillé à petites côtes.

118 — Cristal de roche. — Reliquaire octogone uni.

119 — Cristal de roche. — Fort lot de couvercles, anses, pieds, fragments et débris variés de formes.

120 — Jaspe rouge et vert. — Coupe en forme de coquille évidée d'épaisseur, montée sur un pied à balustre à côtes de même matière, et garnie d'une monture en argent doré enrichie de grenats. Épo- Louis XIII.

121 — Agate jaspée grisâtre. — Petite coupe ovale montée sur un pied à balustre et garnie d'une monture en or émaillé.

122 — Agate brune. — Vase en forme de balustre à anses mascarons en relief, et garni d'une monture en argent doré et émaillé.

123 — Lapis. — Grand socle carré plaqué en lapis et garni en bronze ciselé et doré.

124 — Lapis. — Groupe de rochers et arbustes.

125 — Pierre de lard teintée à l'imitation du lapis. — Groupe composé d'un vase, de rochers, d'arbustes et d'oiseaux.

126 — Pierre de lard teintée à l'imitation du lapis. — Groupe composé de rochers, d'arbustes et de figures. Sur socle en bois sculpté.

127 — Même matière. — Groupe de fruits avec branchages formant coupes.

128 — Agate mousseuse. — Petite coupe ovale sur pied à balustre en jaspe rouge de Sicile. Monture en or émaillé.

129 — Jaspe jaunâtre. — Coupe ronde et profonde sur pied à balustre, montée en argent.

130 — Cornaline. — Petite coupe ovale montée sur un pied composé d'une figurine d'enfant et d'une tortue en argent émaillé.

131 — Jade blanc. — Grand vase à panse circulaire aplatie et à couvercle orné du signe de longévité et de dragons en relief. Le couvercle et le vase sont garnis d'anses prises dans la masse. Travail chinois.

132 — Jade blanc verdâtre.—Groupe de deux canards et de branchages, le tout pris dans la masse. Travail chinois.

133 — Agate orientale rougeâtre. — Petit groupe composé de deux chiens de Fô sur socle en ivoire teint. Travail chinois.

134 — Jade vert. — Brûle-parfums à deux anses prises dans la masse et décors de fleurs en relief. Les anses sont formées de têtes chimériques et la coupe repose sur trois pieds bas.

135 —Marbre rouge antique.—Deux petits bustes d'empereurs romains sur socles en marbre jaune antique.

136 — Malachite. — Trois blocs ou rognons de malachite naturelle.

137 — Cristal de roche brut. — Un bloc.

138 — Jade blanc verdâtre. — Poignée de canne de derviche indien, elle est ornée d'un bracelet et de cabochons en rubis.

139 — Jade gris verdâtre. — Manche de sabre ou de poignard sculpté à fleurs. Travail indien.

140 — Agate orientale. — Manche de sabre indien.

141 — Agate orientale. — Petite tasse évidée, à une anse prise dans la masse.

142 — Pierre de lard grise. —Deux groupes composés chacun de deux vases, avec feuillages sculptés et découpés. Travail chinois.

143 — Agate orientale. — Deux petits groupes d'animaux couchés. Travail chinois.

144 — Jade vert.—Deux coupes rondes décorées à l'intérieur et à l'extérieur de branches de fleurs et de chauve-souris en relief.

BRONZES

145 — Groupe de deux enfants en bronze à patine verte.

146 — Statuette d'Hercule debout s'appuyant sur un tronc d'arbre couvert par la peau du lion. Bronze à patine verte.

147 — Statuette en bronze : Hercule au repos, debout, la main droite appuyée sur sa massue et accoudé du bras gauche sur une colonne. Socle en bois noir. XVIIe siècle.

148 — Statuette d'Hercule armé de sa massue, debout et combattant, bronze à belle patine brune. Socle en marbre blanc.

149 — Statuette de David debout. Bronze du XVIIe siècle à belle patine brune.

150 — Statuette de femme debout drapée. Bronze du XVIIIe siècle. Socle en bois noir.

151 — Marteau de porte en bronze italien formé d'une figure debout sur une coquille entre deux lions renversés et adossée à un cartouche. XVIIe siècle.

152 — Bouton de porte formé d'une tête de faune grotesque. XVIe siècle.

153 — Encrier en bronze italien supporté par trois tritons ailés, avec couvercle surmonté d'un amour jouant de la mandoline.

154 — Mascaron pour fontaine. Bronze du XVIIe siècle.

155 — Deux petits bustes en bronze: Sénèque et Cicéron.

156 — Grand et beau groupe en bronze, muni d'une patine verte. Laocoon et ses fils.

157 — Grand cartel de style Louis XV, modèle rocaille en bronze, orné de figures d'enfants.

158 — Plateau oblong, à fond de glace, monté en bronze.

159 — Petit mortier en bronze, à inscriptions et daté de 1634.

160 — Bas-relief en bronze du XVIIe siècle, représentant un retour de chasse à jeux d'enfants.

161 — Bas-relief en bronze et belle patine, du XVIIe siècle, représentant une bacchanale. Cadre en bronze doré.

162 — Brasero en bronze japonais, formé d'un fruit (pêche de longévité) sur un socle à jour orné de feuillages.

GRÈS ET FAIENCES

163-173 — Onze chopes ou pots à anse en terre émaillée de Munich, décorés au pourtour des figures des saints Apôtres en relief, des XVIIe et XVIIIe siècles.

174-175 — Deux pots analogues à ceux qui précèdent. Ceux-ci sont décorés de sujets de chasse au pourtour.

176 — Pot de même style, décoré de figures de divinités en relief.

177-180 — Quatre autres pots à anse décorés d'ornements.

181-184 — Quatre cruches en terre émaillée de Bavière à bustes et fleurs en relief.

185-187 — Trois cruches de même style décorées d'ornements.

188-189 — Six autres cruches à décors variés.

190 — Cruche décorée au pourtour d'un sujet de chasse en relief.

191-192 — Deux pots à tabac en deux dimensions, de même travail.

193-204 — Cinquante-deux cruches, chopes et pots à tabac, en grès émaillé gris et bleu, variés de forme, de décors et de dimensions.

205 — Grande chope en terre émaillée à armoiries en relief et anse à cariatides.

206 — Grosse cruche à anse en faïence blanche à décor bleu de style chinois et à couvercle en cuivre argenté.

207 — Petite cruche allemande en faïence, à décor bleu, à couvercle en argent doré.

208 — Deux pièces : pot en verre blanc opaque émaillé, et pot en terre peinte à froid.

PORCELAINES DE SÈVRES

DE SAXE ET AUTRES

209 — Deux belles verrières oblongues à deux anses, en ancienne porcelaine de Sèvres, pâte tendre, fond gros bleu, caillouté d'or et décorées de médaillons de fleurs. Époque Louis XV.

210 — Écritoire formée de diverses pièces en porcelaine tendre, fond bleu turquoise à médaillons, avec monture en bronze doré.

211 — Vase de forme ovoïde, à piédouche et à couvercle, en porcelaine tendre, fond rose, à médaillons d'amours et de fleurs, perles en reliefet rehauts d'or.

212 — Baril surmonté d'une figurine d'enfant, sur son support de forme triangulaire, en porcelaine de Saxe décorée de sujets chinois; avec ornements en relief rehaussés d'or, et trois figurines d'enfants assis en ronde bosse.

213 — Vase pot pourri, en porcelaine de Saxe, orné de deux figures d'enfants et de fleurs en relief, couvercle formé d'un bouquet de fleurs.

214 — Grand vase de forme contournée, en ancienne porcelaine de Saxe, décoré d'ornements rocaille et de fleurs en relief et de deux figurines détachées, berger et bergère debout.

215 — Deux bouts de table formés de deux figures couchées et tenant une coupe, en ancienne porcelaine de Saxe.

216 — Groupe en ancienne porcelaine de Saxe : allégorie d'une source.

217 — Deux groupes de deux enfants, en ancienne porcelaine de Furstenberg, représentant l'Asie et l'Afrique.

218 — Vase de forme sphérique à anses en ancienne porcelaine pâte tendre de Vincennes, fond gros bleu à médaillons d'oiseaux encadrés d'or. Il est garni d'une monture à pied et couvercle en bronze découpé à jour.

219 — Petite tasse droite avec soucoupe en ancienne porcelaine de Sèvres pâte tendre, fond gros bleu caillouté d'or à médaillon d'oiseaux.

220 — Deux petits seaux de forme légèrement évasée à deux anses en ancienne porcelaine de Sèvres pâte tendre, fond turquoise avec bandeau horizontal à fleurs et guirlandes en or.

221 — Ecuelle à couvercle en porcelaine anglaise à deux anses et fleurs en relief, décor de fleurs et papillons rehaussé d'or.

222 — Vase en porcelaine genre saxe à décor en relief et têtes de béliers en ronde bosse, le tout rehaussé d'or.

223 — Trois pièces : gobelet évasé en saxe à figures mythologiques en relief, une tasse en saxe gros bleu

à médaillon d'amours en grisaille, et un petit flacon en saxe à figures d'enfants soldats.

224 — Tasse à couvercle avec présentoir en porcelaine tendre bleu turquoise à médaillons et rehauts d'or, et un sucrier avec soucoupe en porcelaine, genre sèvres, gros bleu, à médaillons d'oiseaux.

225 — Deux petits vases balustres à décor en relief rehaussé d'or et combats navals en camaïeu.

226 — Assiette en porcelaine de Saxe à bordure à jour et décorée au centre d'un paysage.

227 — Groupe en porcelaine de Saxe : le Berceau.

228 — Deux grands vases forme Médicis en porcelaine de Vienne, à fond rouge et riche décor d'or avec médaillons jeux d'enfants.

229 — Groupe en porcelaine anglaise : l'Enlèvement d'Europe.

230 — Grand groupe de trois figures de tonneliers en porcelaine d'Allemagne.

231 — Groupe de trois figures : le Galant jardinier, en porcelaine d'Allemagne.

232 — Groupe de deux figures en vieux Saxe : la Leçon de flageolet.

233 — Perdrix grise en porcelaine de Saxe.

234 — Deux bustes de poupons en porcelaine, genre saxe.

235 — Deux figurines en porcelaine de Mayence : la Lanterne magique et Joueuse de serinette.

236 — Un chien dogue en porcelaine d'Allemagne.

237 — Un petit carlin et un chien d'arrèt en porcelaine de Saxe.

238 — Une saucière en ancienne porcelaine de Saxe à deux anses et à quatre pieds, à ornements en relief et décor de fleurs.

239 — Boîte oblongue en porcelaine genre saxe à deux médaillons portraits en relief et sujets militaires.

240 — Ecuelle à couvercle avec son plateau en porcelaine de Saxe, fond gros bleu à médaillon de personnages dans des paysages.

241 — Ecuelle analogue à la précédente, plus petite, à médaillons d'amours et d'attributs.

242 — Deux seaux en faïence décorés à l'imitation de sèvres à fleurs et hachures bleues rehaussées d'or

243 — Cantine à trois compartiments en porcelaine de Saxe à décor de style chinois.

244 — Groupe en porcelaine composé d'un personnage costumé à l'orientale et monté sur un rhinocéros.

245 — Deux tasses droites avec soucoupes en porcelaine de Saxe du temps de Louis XVI, décorées de groupes d'oiseaux.

246 — Grande tasse avec soucoupe en porcelaine de Frankenthal décorée de sujets militaires en camaïeu carmin.

247 — Tasse avec soucoupe en ancienne porcelaine de Saxe décorée de sujets Watteau.

248 — Deux tasses avec soucoupes à quatre lobes en ancienne porcelaine de Saxe fond jaune à quadrillages et sujets dans le goût de Watteau.

249 — Cabaret en biscuit anglais à figures blanches sur fond bleu. Il se compose de six tasses avec soucoupes et trois grandes pièces.

250 — Tasse avec soucoupe en biscuit anglais à figures vertes sur fond blanc.

251 — Cabaret en porcelaine à la reine décoré de

fleurs, il est composé de sept pièces, plus deux verres et de trois flacons en verre de Bohême, le tout dans une boîte en bois marqueté.

252 — Deux girandoles à trois lumières en porcelaine de Saxe à festons de lauriers et médaillons de sujets chinois.

253 — Cabaret en porcelaine genre Capo di Monte à sujets en relief décorés en couleurs. Il se compose de six tasses avec soucoupes et trois grandes pièces.

PORCELAINES DE VIENNE

254 — Tête-à-tête en porcelaine de Vienne à fond rose et bandes vert clair rehaussées de riche décor d'or et à médaillons jeux d'enfants. Il se compose d'un plateau oblong avec galerie à jour, de deux tasses avec soucoupes et trois grandes pièces.

255 — Cabaret solitaire de même porcelaine à fond brun et bandes rosées rehaussées de dorure. La tasse et le plateau ovale sont décorés de sujets mythologiques.

256 — Deux seaux en porcelaine dure à décor genre

sèvres fond gros bleu caillouté d'or et médaillons jeux d'amours.

257 — Trois pièces : deux seaux et une verrière en porcelaine de Vienne fond carmin à festons de lauriers en relief dorés, médaillons à figures en relief réservées en biscuit et frise peinte représentant des jeux d'enfants sur fond d'or.

258 — Tête-à-tête en porcelaine de Vienne fond rouge à décor d'or et médaillons figures mythologiques. Il se compose d'un plateau avec galerie à jour, de deux tasses avec soucoupes et de trois grandes pièces.

259 — Cabaret solitaire de même porcelaine fond bleu rehaussé d'or et médaillons sujets mythologiques. Il se compose d'un plateau ovale avec galerie ajourée, d'une tasse avec soucoupe et de trois grandes pièces.

260 — Deux vases ovoïdes à deux anses fond violet chatoyant rehaussé d'ornements dorés et médaillons jeux d'amours.

261 — Vase ovoïde fond gros bleu à décor d'or et à deux anses têtes de boucs dorés.

262 — Tasse droite à fond vert, ornements dorés et sujets mythologiques.

263 — Tasse analogue à celle qui précède, à fond rose.

264-266 — Trois assiettes à riches décors d'or sur fonds variés de nuances et offrant au fond un sujet mythologique. Elles seront vendues séparément.

267 — Assiette analogue à bordure à jour.

268 — Deux assiettes à contours à bordure à jour décorées de sujets champêtres et bord rose rehaussé de dorure.

PORCELAINES DE CHINE

269 — Vase à large panse en porcelaine de Chine émaillée vert d'eau et craquelée.

270 — Vase en forme de balustre en porcelaine de Chine craquelée gris, garni en cuivre jaune.

271 — Cinq compotiers en porcelaine craquelée gris de la Chine.

272 — Deux très petits vases en céladon bleu turquoise.

273 — Trois autres petits vases en terre émaillée et en porcelaine.

274 — Trois jardinières rondes et évasées en porcelaine craquelée gris de la Chine, décorées de paysages avec figures.

275 — Vase en forme de balustre en porcelaine craquelée gris de la Chine à décor bleu.

276 — Deux petits vases ovoïdes en émail cloisonné du Japon sur porcelaine.

www.ingramcontent.com/pod-product-compliance
Ingram Content Group UK Ltd.
Pitfield, Milton Keynes, MK11 3LW, UK
UKHW021028260726
13994UKWH00005B/2012